Deepthroating (BDSM)
Herrschaft und erotische Unterwerfung
Erika Sanders

Anmerkung zum Autorin:

Erika Sanders ist eine international bekannte Schriftstellerin, die in mehr als zwanzig Sprachen übersetzt wurde und ihre erotischsten Schriften, weit entfernt von ihrer üblichen Prosa, mit ihrem Mädchennamen signiert.

Index

DEEPTHROATING (BDSM)
ERIKA SANDERS

VORWORT

Ein paar Jahre zuvor

Alles begann, als der Direktor einer großen Nachrichtenfirma während einer feierlichen Veranstaltung ein sehr einfaches Angebot machte:

"Komm in mein Büro", sagte er. "Ich würde gerne einige Geschäftsmöglichkeiten mit Ihnen besprechen."

Barbara fühlte, dass sie über den Wolken schwebte.

Nachdem er die Nacht bei der aufwendigen Gala mit Prominenten und Politikern verbracht hatte, war dies sicherlich seine Chance, einen Vollzeitjob in der Welt der Kabelnachrichten zu bekommen.

"Das wäre erstaunlich", antwortete sie erstaunt.

"Komm schon. Du hast wahrscheinlich gehört, dass wir gerade darüber nachdenken, eine neue Live-Show zu entwerfen, und wir suchen nach neuen Gesichtern."

Im letzten Jahr hatte er für dieses Unternehmen rechtliche Analysen zu einigen der am besten bewerteten Programme vorgelegt.

Auf Twitter schien er seine Analyse zu lieben.

Und in dieser Firma mussten Frauen schön sein und gut sprechen, um erfolgreich zu sein.

Barbaras blondes Haar, ihr scharfer Witz und ihre freche Nase gaben ihr das Zeug zu einem Fernsehstar.

"Das würde mir gefallen", sagte er mit seinem Lächeln vom Kaliber der Primetime und behielt sein professionelles, aber freundliches Auftreten bei.

Die Offensive mit dem Charme der Exekutive war auf ihrem Höhepunkt und sie verließen die Partei, um die Dinge privat zu besprechen.

Das Büro war nicht weit entfernt.

Sie überquerten die Straße, sie in ihrem glamourösen Kleid und er in seinem eleganten Smoking.

Das Gespräch war locker und kokett, als wären sie eher beim ersten Date als bei einem Vorstellungsgespräch.

Als sie die Exekutive erreichten, hatte Barbara das Gefühl, in eine Welt eingetreten zu sein, in der regelmäßig Millionen-Dollar-Verhandlungen stattfanden, in der Karrieren gemacht oder zerstört wurden.

Sie setzte ihr perfektes Pokerface auf und war entschlossen, ihre Nerven zu maskieren.

Das Hauptbüro war ungewöhnlich.

Es wurde entworfen und eingerichtet, um einem gemütlichen Zuhause zu ähneln.

Es gab Ledersofas und Holzschränke.

Es gab Bücher in den Regalen und Bilder an der Wand.

Die Wände hatten eine dunkle Farbe und es war leicht, sich entspannt zu fühlen.

Nachdem der Chef ein paar Gläser Scotch eingegossen hatte, stand er Schulter an Schulter mit Barbara vor einem großen Fenster mit Blick auf die Stadt.

Dort diskutierten sie ihre Ambitionen, Hoffnungen und Träume.

Als er diese Fragen ehrlich beantwortete, wurde sie ermutigt, dass er zu erkennen schien, dass sie mehr als nur ein schönes Gesicht war.

"Lass uns zur Sache kommen", sagte er und lehnte sich dicht an ihr Ohr. "Sie sind eine sehr kluge Frau und ich bin sicher, Sie haben bereits entdeckt, wie dieses Geschäft funktioniert."

Sie hob eine Augenbraue.

"Oh? Und wie funktioniert es?"

"Nun, weißt du, schöne Frauen wie du schaffen es nicht zum Moderatorensitz in meiner Firma, es sei denn, sie kooperieren."

"Ich war schon immer ein Teamplayer", antwortete Barbara.

Er zeigte ein charmantes Lächeln.

"Du weißt was ich meine, richtig?"

"Oh ja?" Sie lachte. "Für dich und wer sonst?"

Barbara wusste genau, worauf sich der Chef bezog, als sie die Gerüchte gehört hatte.

Sie hatte angenommen, dass das meiste davon reines Hörensagen war, oder so schien es ihr, also dachte sie, der Chef würde diese Gerüchte benutzen, um sie zu ärgern.

Sie versuchte zu lachen und hoffte, dass es ein Missverständnis war.

Trotzdem meinte er es ernst.

"Jeder in der Politik und in den Medien hat einen Freund. So funktioniert es. Und wenn dies passieren würde, würden Sie perfekt passen. Sie haben alle Eigenschaften, die ich bei einer Frau suche."

Sie schluckte.

"Und was müsste ich tun?"

"Wenn du mit den großen Jungs spielen willst, musst du nach unseren Regeln spielen. Vielleicht musst du ab und zu einen Blowjob geben."

Da sie eine Frau war, die es liebte, Schwänze zu lutschen, war es ein interessanter Vorschlag.

Aber er hatte noch nie zuvor Geschäfte mit Vergnügen vermischt.

Mit seiner endgültigen Vorlage am Horizont hatte er sich noch nie so konfliktreich gefühlt.

"Du machst wohl Witze", sagte er vorsichtig.

"Fühlen Sie sich dadurch unwohl?"

"Sie sind ein wirklich charmanter Mann, aber ich habe mich bei meiner Arbeit immer auf die Macht des Verdienstes verlassen. Ich habe mein ganzes Leben lang sehr hart gearbeitet."

"Du kannst nicht so naiv sein", fragte sie. "Ich bin sicher, die meisten Ihrer Chefs haben versucht, Sie zu ficken. Und wahrscheinlich auch einige Ihrer Chefs."

"Ich weiß. Du hast Recht. Ist es das, was du jetzt versuchst? Versuch mich zu ficken?"

Er nickte kurz.

"Um ehrlich zu sein, ich bin gerne dominant. Aber ich bin auch äußerst großzügig gegenüber meinen Mitarbeitern. Ich kann Sie zu dem Star machen, der Sie immer sein wollten, weil Sie dieses Potenzial haben. Haben Sie jemals an BDSM-Aktivitäten teilgenommen?"

"Niemals", antwortete sie und fühlte sich außer Atem.

"Ängstlich?"

"Das wurde ich noch nie gefragt. Ich wäre jedoch offen dafür, aber mit der richtigen Person."

"Soweit ich weiß, waren Sie schon immer eine heterosexuelle Frau", sagte sie. "Das ist in Ordnung. Aber an dem Omelett ist nichts auszusetzen. Und ich liebe es, Frauen in meinem lustigen Stil vorzustellen und zu trainieren."

Barbaras Herzschlag stieg bei dem Gedanken, "trainiert" zu werden.

Es war ein verlockendes Angebot, zumal er Erfahrung zu haben schien.

Sie holte tief Luft.

"Du lässt mich jetzt rot werden."

Sie standen sich gegenüber.

Die Chefin sah ihr tief in die Augen, als würde sie seinen nächsten Schritt planen.

Der Chef ging von ihr weg und öffnete eine Schreibtischschublade.

Darin befanden sich alle Arten von Spielzeug; Paddel, Prügel, Vibratoren.

Die Stimmung im Raum änderte sich, als er eine Leine an einem Lederhalsband nahm.

"Bist du ein guter Schwanzlutscher?" fragte er teilnahmslos, während er die Spielsachen hielt.

Sie schluckte.

"Ja, das bin ich. Ich liebe es."

"Hast du dabei einen Würgereflex?"

"Normal", gab er zu.

"Nun, ich muss Ihre mündlichen Fähigkeiten auf die Probe stellen. Das ist doch eine sehr wichtige Eigenschaft für jeden Nachrichtensprecher, finden Sie nicht?"

Die nächsten fünfzehn Minuten war Barbara auf den Knien, als sie ihn absaugte, nachdem er den Kragen um ihren Hals gelegt hatte.

Er hatte sich noch nie so hilflos gefühlt wie jetzt, als er den Riemen spürte, den sein Chef festhielt.

Als sein dicker Schwanz in ihren Mund eindrang, konnte er nur den Umfang aufnehmen, als er anfing, daran zu saugen.

Als Zeichen der Meisterschaft zog er von Zeit zu Zeit fest an der Leine.

Wenn das Ziel darin bestand, ihren Würgereflex zu testen, war sie entschlossen, diesen Test zu bestehen.

Als der sexuelle Akt vorbei war, war Barbaras früheres glamouröses Aussehen vollständig verschwunden.

Ihre Wimperntusche lief über ihre Wangen vor Tränen, die von Übelkeit herrührten.

Ihr Lippenstift war verschmiert und es gab Tropfen weißer Milch auf ihrem Kinn, die um ihren Mund sickerten.

Barbara senkte den Kopf, damit er den Riemen entfernen konnte.

Dies war gleichzeitig berauschend und demütigend gewesen.

Sie fühlte sich verwirrt und wusste nicht, wie sie nach einem solchen Moment reagieren sollte.

Dies war sicherlich Neuland.

Der Finger des Chefs hob ihr Kinn und sie sahen sich in die Augen.

Sie blieb auf den Knien, der nasse Schwanz des Chefs baumelte immer noch vor ihrem Gesicht.

"Erzähl niemandem davon", sagte er mit einem schlauen Lächeln. "Aber alles wurde auf Video aufgezeichnet. Ich habe gerne die ganze Macht. Ich habe Ihre Aufmerksamkeit erregt, oder? Lassen Sie uns jetzt über Geschäfte reden."

Barbara schnappte nach Luft, bevor sie ein falsches Lächeln auf ihr Gesicht setzte.

KAPITEL 1

Nach drei Wochen sorgfältiger Ermittlungen und Überwachung war Julieta in Bewegung.

Vorbei war ihr eigenes kurzes, unordentliches braunes Haar.

Jetzt war sie blond.

Ihre zuvor einfache Garderobe war durch ein sexy Kleid ersetzt worden, das die Formen ihres Körpers betonte.

Nicht viele bekannte Personen aus ihrem Privatleben hätten sie erkannt.

Sie könnte das sein, was ein Kunde von ihr brauchte.

Niemand sah aus wie ihre und wagte es nicht, ihre wahren Motive in Frage zu stellen, als sie unter einem falschen Namen in den Sicherheitsschalter der Lobby eincheckte.

Und jede verbleibende Sorge, die sie hatte, in ihren neuen Absätzen halb zu schwanken, war verschwunden.

Sie hatte diese High Heels bereits gemeistert und bemerkte tatsächlich ein paar wandernde Augen an ihren Beinen.

Auf dem Fliesenboden klickten ihre Fersen kräftig, als sie zum Fahrstuhl ging.

Oh ja, sie war angekommen.

* * *

Nachdem er das entsprechende Stockwerk erreicht hatte, ging er den Flur entlang zu einem Ort, von dem er nie gedacht hatte, dass er ihn besuchen würde.

Julieta kam an vielbeschäftigten Praktikanten, überfahrenen Mitarbeitern und klugen, sexy Frauen vorbei, die sich auf ihre Fernsehauftritte vorbereiteten, und fügte sich ineinander.

Um die Ecke war die Umkleidekabine.

Drinnen sah sie ihre ältere Schwester von den anderen getrennt vor einem Spiegel sitzen, als ein Team von Stylisten ihre Magie beendete.

Wie immer, wenn sie sie nach einer Weile sah, war Julieta erstaunt über die Schönheit ihrer älteren Schwester.

Es war Jahre her, seit sie das letzte Mal persönlich gesprochen hatten.

Sie waren immer getrennt gewesen, als ihr Familiendrama eine Lücke zwischen ihnen hielt.

Aber am Ende ist Familie Familie, und sie fühlte sich gezwungen, alles für ihre ältere Schwester zu tun.

Sie klopfte an den Türrahmen, um seine Aufmerksamkeit zu erregen, und die Stylisten sahen sie mit milder Neugier an.

Nach einem Moment passte sich ihre ältere Schwester an Julias neuen Look an.

Barbara deutete auf die Assistenten für Make-up und Garderobe.

"Wir sind fertig. Geben Sie uns etwas Privatsphäre."

Die Angestellten flohen vor ihrem anspruchsvollen Chef und ließen die Schwestern allein.

"Überrascht mich zu sehen?" Fragte Julieta, betrat den Umkleideraum und schloss die Tür.

"Eigentlich bin ich das. Es wundert mich, dass du nicht mehr wie ein Wildfang aussiehst. Du siehst mir jetzt sehr ähnlich, in diesem Kleid und Make-up. Und diesen Absätzen. Mein Gott, ich habe dich noch nie so gesehen.

"Es ist fast poetisch, dass wir in einer Umkleidekabine zusammenfallen, findest du nicht?"

"Es tut mir alles leid", antwortete Barbara. "Ich wünschte, die Dinge hätten zwischen uns anders sein können. Vielleicht können wir nach all dem ..."

Juliet intervenierte.

"Wir können das nächste Mal unsere Differenzen klären. Ich bin hier, um einen Job zu machen, und ich muss meinen Kopf an Ort und Stelle halten. Ich habe so etwas noch nie gemacht. Niemals. Und das nur, weil wir eine Familie sind."

"Danke. Sie werden für Ihre Arbeit gut belohnt."

"Basierend auf dem, was ich in den Boulevardzeitungen über Sie gelesen habe, erwarte ich eine ernsthafte Rate. Es hört sich so an, als hätten Sie mehrere beeindruckende Angebote von anderen Kabelnetzen erhalten."

"Wenn Sie mir helfen können, müssen Sie nur Ihre Rate sagen."

Juliet nickte.

"Ein Freund konnte die Sicherheitscodes und die Grundrissgestaltung erhalten. Das ist definitiv machbar."

"Welche Freunde hast du?"

"Sie brauchen ein Team, um diese Art von Arbeit zu erledigen", antwortete Julieta. "Gibt es noch etwas, das ich wissen muss? Hat er Sie jemals offen bedroht? Wenn ich das tue, wird er dann vermuten, dass Sie beteiligt waren?"

Barbara schüttelte den Kopf.

"Auf keinen Fall. Er hat mich nie bedroht oder so. Es sind nur Hinweise und Anspielungen im Moment. Er weiß, dass ich Lebensläufe einreiche und ich hier raus will. Dann macht er abfällige Kommentare zu unserer kleinen Videosammlung und. .. na ja ... du kommst auf die Idee. "

"Das ist Erpressung".

"Nenn es wie du willst".

"Passiert das auch anderen Frauen in dieser Firma?" Fragte Julieta.

Barbara hätte fast gelacht.

"Er hat mir einmal gesagt, dass attraktive Frauen wie ich nicht auf Sendung gehen, ohne etwas dafür aufzugeben. Und ich weiß, dass viele Frauen sein 'verdammtes Spielzeug' sind, wie er es nennt. Sobald die Erpressung herauskommt, Niemand macht einen weiteren Schritt. Sie haben Angst, nachdem sie entdeckt haben, dass ihre intimsten Momente ohne ihr Wissen aufgezeichnet wurden.

Mit ihrem scharfen Auge bemerkte Julieta eine schwache Reihe von Linien an den Seiten des Halses und der Schultern ihrer Schwester.

Er kämmte Barbaras wunderschöne blonde Haare zurück und legte die Spuren frei.

"Das war einvernehmlich, hoffe ich", sagte Julieta, bevor sie sanft die Linien berührte.

Barbara hob die Wimpern.

"Es ist immer einvernehmlich."

Nachdem Juliet während ihres gesamten Erwachsenenlebens menschliches Verhalten studiert hatte, las sie in die Körpersprache und den Ton ihrer Schwester.

Sie zögerte zu fragen, wollte es aber wirklich wissen.

"Magst du Sex mit ihm?"

"Ja", sagte Barbara ohne zu zögern. "Du warst schon immer eine neugierige kleine Schwester. Ich bin sicher, du wirst es bald verstehen. Ich wünschte du hättest es nicht, aber ich weiß, dass du es wirst."

"Ich muss mir einige der Videos ansehen. Ich werde nicht seine gesamte Festplatte löschen. Nur die Dinge, die ich verwerfen soll."

"Fair genug. Ich werde versuchen, mich von all dem nicht zu schämen."

"Ich habe Geheimnisse, um zu leben", antwortete Julieta.

"Danke. Also wie wirst du es machen?"

Julieta griff in ihre Tasche und holte ein normal aussehendes Smartphone heraus.

Er hielt es Barbara hin, um es zu untersuchen.

Nach dem Einschalten des Bildschirms erschien ein verschlüsselter Code, der deutlich machte, dass es sich nicht um ein normales Telefon handelte.

"Es ist die Art von Dingen, die Spione benutzen", sagte Juliet in einem verschwörerischen Flüsterton. "Ich werde es an Ihre Festplatte anschließen und alles belastende belasten. Wenn es für etwas Stärkeres als das Aufzeichnen von Frauen verwendet wird, die Sex haben, stürzt Ihr Computer ab. Wie gesagt, ich mache das nur, weil Sie es sind."

Barbara zeigte ihr preisgekröntes Lächeln.

"Ich wusste nicht, dass ich eine sexy Nerd-Technik bei meiner Schwester habe. Vielen Dank. Du bist ein Lebensretter."

"Danke mir noch nicht, Barb. Es ist ein riskanter Job. Und denk daran, dass diese Technologie mich ein Vermögen gekostet hat, also hoffe ich, dass du mich gut bezahlst."

"Juli, wenn ich diesen Vertrag bei einer anderen Kabelfirma habe, können Sie es sich leisten, ein ganzes Jahr in den Urlaub zu fahren. Vertrauen Sie mir."

Als Juliet merkte, dass sie ihren Job machen musste, sah sie auf die Zeit.

Ja, es war Zeit zum Handeln.

"Ich muss gehen", sagte Julieta. "Das Fenster der Gelegenheit ist im Begriff, sich zu öffnen."

Trotz ihrer langen Zeit der Entfremdung blieben ihre Brüderlichkeitsbeziehungen bestehen.

Und als sie sich nervös verabschiedeten, waren sie entschlossen, siegreich zu sein.

KAPITEL 2

Stevens 'Büro befand sich in der Geschäftsleitung.

Wie erwartet unterhielten sich mehrere andere Frauen in der Lobby, alle professionell gekleidet.

Obwohl sie wie korporative Frauen aussahen, waren sie tatsächlich für andere Zwecke eingestellt worden.

Julieta saß im Flur und mischte sich unter alle anderen Frauen.

Sie war nervös und aufgeregt in der Umgebung.

Als die Zeit gekommen war, kamen zwei große Männer in schwarzen Anzügen und erklärten allen, dass der Prozess ordnungsgemäß durchgeführt werden würde.

Die Frauen stellten sich an und einer der Sicherheitsleute hielt eine Zwischenablage hoch, um ihre Namen zu überprüfen.

Julieta stand am Ende der Reihe und wusste, dass dies eine ziemliche Herausforderung sein würde.

Aber sie war bereit.

Sie war eine findige Frau, sie hatte immer Alternativen.

Als sie an der Reihe war, war sie vor den beiden massigen Männern zurückhaltend, denen jede der schönen Frauen gleichgültig erschien.

"Name?" fragte der ausdruckslose Mann mit den Augen auf der Liste.

"Karen".

Der Mann schaute auf die Liste und dann auf sie.

"Dein Name ist nicht hier. Hast du einen anderen Alias?"

"Hmm ... ich wusste, dass das passieren würde. Mrs. Andrea hat mich in letzter Minute hinzugefügt. Können Sie keine Ausnahme machen? Sie können sie anrufen, wenn Sie wollen."

"Das kann ich nicht", sagte der Mann in einem ernsten Ton. "Du bist auf der Liste oder nicht."

Juliet täuschte Enttäuschung vor und sprach mit weiblicher Stimme:

"Wie wäre es mit diesem Ausweis? Es scheint überall zu funktionieren."

Diskret hob er die Vorderseite ihres Rocks an und hakte mit seinem Daumen ihr Höschen ein.

Sie zog sich zurück und enthüllte eine frisch rasierte Muschi.

Dies war sein Backup-Plan, den er nur für seltene Momente vermeiden wollte, aber er wusste, dass er funktionierte, als der Mann mit dem steinernen Gesicht plötzlich sein Temperament brach und klaffte.

"Das scheint eine ausgezeichnete Identifikation zu sein", sagte er mit einem Nicken. "Gehen Sie voran, Fräulein Karen."

"Wie ritterlich von ihm", flirtete sie, als sie eintrat.

* * *

Die Episode ihrer Pussy-Exposition machte Juliet unangenehm, aber sie war bereit, die Regeln auf der Suche nach Gerechtigkeit zu biegen.

Das hat sie zu einer so erfolgreichen Privatdetektivin gemacht.

Die Gruppe von Frauen wurde in verschiedene Räume geleitet, in denen mehrere Männer warteten.

Heute war eine Art "Vorsprechen", Vorteile, die das Top-Management genießen durfte.

Er beobachtete die Situation heimlich und wartete, bis die letzte Frau in ein Zimmer schlüpfte, bevor er unentdeckt davonrutschte.

In ihren High Heels war es ein beeindruckender Schachzug.

Aufgrund der Arbeit ihrer Ermittlungen wusste sie, dass Stevens 'Sekretärin zu dieser Stunde nicht anwesend sein würde, damit sie nicht Zeuge der Ausschweifung wird.

Also ging Julia zum Hauptbüro und gab das geheime Passwort ein.

Mit diesem Passwort wurde die Tür geöffnet, so dass er diskret eintrat, ohne ein Geräusch zu machen.

Dies war Stevens 'Domäne, der Ort, an dem der Leiter der Firma sein Geschäft machte und Sex hatte.

Am wichtigsten war, dass sich hier die Festplatte befand.

Sie hielt einen Moment inne und genoss das Gefühl, allein im Büro des Chefs zu sein.

Er war in solchen Hochdruckjobs erfolgreich und fand das Risiko berauschend.

Er war überrascht, dass das Büro wie eine Luxuswohnung aussah.

Es war sehr einladend.

Die Zeit war entscheidend und sie ging direkt zum Computer.

Nachdem er den Bildschirm eingeschaltet hatte, sah er, dass er passwortgeschützt war, wie er es bereits erwartet hatte.

Sie griff in ihre Tasche und steckte das modifizierte Smartphone in den USB-Eingang des Computers.

Erfolg.

Schutz im Liegen.

Als Juliet die Akten durchblätterte, stellte sie fest, dass sie nun Zugriff auf alle privaten Informationen von Stevens hatte.

Sie wusste sofort, dass dieser Computer mit einem ganzen Netzwerk versteckter Kameras auf dieser Etage verbunden war.

Er klickte auf einen von ihnen und war überrascht, was in einem anderen Raum am Ende der Halle geschah.

Zwei Frauen flirteten mit einem Mann und schienen abwechselnd einen Dildo zu schlucken.

In einem anderen Raum hatten drei Frauen ihr Höschen herunter und es schien, als würden sie sich einen Vibrator teilen.

Er schaltete die Kameras aus und suchte wieder in den Computerdateien.

Und er fand schnell, wonach er suchte.

Hurensohn, flüsterte sie vor sich hin.

Es gab Ordner für einige der besten Moderatorinnen im Internet, zusammen mit einigen anderen Personen, die sie erkannte.

Allen gemeinsam war das Aussehen eines mächtigen Mädchens: strahlendes Lächeln, auffällige Beine, glamouröses Haar und großartiger Sexappeal.

Juliet überlegte mit sich selbst, was sie als nächstes tun sollte.

Ihre versauteste Seite siegte am Ende und sie klickte, um einen Ordner namens 'Barbara' zu öffnen.

Ordner seiner Schwester.

KAPITEL 3

Sie sah sich die letzte Aufnahme an, die zeigte, dass ihre ältere Schwester voll gepflegt und bereit war, ihre Nachmittagsshow zu beginnen.

Das Oberteil von Barbaras Kleid war hoch und eng an ihrer Taille.

Während sie mit dem Gesicht nach unten auf dem Schreibtisch des Chefs lag, fickte er sie von hinten.

In seiner Hand hielt er eine kleine Peitsche und peitschte fest auf Barbaras Rücken.

Wenn sie den Ton abspielte, war Julieta sicher, dass sie Schreie von Schmerz und Vergnügen hören würde.

Es sah so aus, als würde der Boss Barbara in den Arsch ficken.

"Schmutzige Schlampe", murmelte Juliet mit einem Lächeln vor sich hin. "So haben Sie diese Markierungen auf Ihrem Rücken."

Juliet konnte nicht widerstehen und klickte auf ein anderes Video.

Diesmal sah er seine berühmte ältere Schwester auf den Knien, die an einer Leine an einer Halskette gehalten wurde.

Ein stämmiger Mann, den sie von früher als Sicherheitsbeamten erkannte, zog an der Leine, während Barbara tief schluckte und zwischen den Atemzügen einen anderen Mann absaugte, der anscheinend ein leitender Angestellter war.

Der überraschende oder nicht so überraschende Teil war, dass Barbara am Ende, nachdem beide Männer ihren Mund mit Sperma gefüllt hatten, lächelte und sich über ihre Aufmerksamkeit zu freuen schien.

Mit einem mit Spermien gefüllten Lächeln schien sie sich später gut mit den Männern zu unterhalten.

Julietas Verdacht wurde bestätigt.

Sie wusste, dass es einen Grund gab, warum ihre Schwester nicht wollte, dass sie diese Videos sah.

Es gab nicht nur Sexvideos.

Tief im Inneren konnte er sehen, dass Barbara trotz der Erpressung ein echtes Produkt von BDSM geworden war.

In Wahrheit war es auch Julia.

Deshalb konnte sie sich nicht über ihre Schwester aufregen.

Sie hatte in ihren jüngeren Jahren viel Erfahrung mit hartem Sex, als sie zum Detektiv der Polizei befördert wurde.

Die Arbeit hatte ihre schlechten Momente, und Sex war etwas, das die Angst nahm und sie milderte.

Für sie war harter Sex besser zum Stressabbau als Drogen oder Alkohol.

Sie schloss das Video, in dem ihre Schwester einen Schwanz lutschte und überlegte, ob sie sich einen anderen ansehen sollte.

Aber je länger sie blieb, desto größer war die Chance, erwischt zu werden.

Er wollte den Frauen dieser Firma einen großen Gefallen tun, indem er die Dateien löschte und den gesamten Mainframe sperrte.

Der Chef hatte nichts verdient.

Er blieb stehen, als ihm ein Ordner namens "Power" auffiel.

Was zum Teufel könnte es sein?

Für einen Mann wie Stevens muss es etwas extrem Auffälliges gewesen sein.

Julias neugierige Seite siegte und sie warf schnell einen Blick darauf.

In dem Ordner befand sich eine Liste mit Nachnamen, von denen er einige erkannte.

Sie waren prominente Politiker auf allen Regierungsebenen.

Das konnte doch nicht das sein, was sie dachte, oder?

Er klickte auf einen erkennbaren Namen, der der Nachname des Bezirksstaatsanwalts der Stadt zu sein schien.

Es wurde ein Video abgespielt, das aussah wie eine geheime Aufnahme in einem luxuriösen Hotelzimmer.

Sein Verdacht wurde bestätigt, es war der Staatsanwalt, der auf Video Sex mit einer scheinbar weiblichen Eskorte hatte.

Der Staatsanwalt wurde gefesselt, während sie demütigende sexuelle Handlungen an ihm durchführten.

"Oh mein Gott", keuchte sie und stellte fest, dass sie gerade auf eine Erpressungsakte gestoßen war.

'Wofür zum Teufel war das? Würde es jemals benutzt werden? Wurde jetzt etwas benutzt?' Sie wunderte sich.

Obwohl er seit vielen Jahren mit niemandem in der Polizei gesprochen hatte, waren dies Informationen, die an seine ehemaligen Kollegen weitergegeben werden mussten.

Aber sie hatte ein großes Problem.

Das Einbrechen in ein Büro und das Hacken in einen Computer ist ohne Haftbefehl illegal.

Er wusste, dass der beste Weg sein würde, eine Kopie dieses gesamten Materials zu erstellen und es anonym an seine ehemaligen Kollegen weiterzugeben.

Jemand würde wissen, was er damit anfangen sollte.

Leider hatte sie keine Ausrüstung dabei, um eine Kopie anzufertigen, was bedeutete, dass sie morgen zurückkommen und den Job beenden musste.

Julieta zog den Stecker aus der Steckdose und steckte ihn wieder in ihre Tasche.

Mit einem Papiertaschentuch reinigte er die Tastatur.

Bevor er das Büro verließ, schloss er die Augen und holte tief Luft.

Sie hatte viele Opfer gebracht und viele Schwierigkeiten im Leben durchgemacht.

Wäre das wirklich schlimmer?

Sie wusste, dass sie das bereuen würde.

Mit ihren dunklen Impulsen setzte sie eine Seite von sich frei, von der sie wünschte, sie könnte für immer einsperren.

Aber das wäre zum Wohle der Allgemeinheit.

Julieta öffnete die Tür und vergewisserte sich, dass die Küste frei war, bevor sie das Büro des Chefs verließ.

Um morgen in diese Wohnung zurückzukehren, müsste sie einen der Tests bestehen und in der Gruppe der Gefährten "initiiert" werden.

Ich würde diese Leute nie wieder sehen.

Sobald sie ihre Verkleidung fallen ließ, würden sie sie nie wieder erkennen.

Dann wäre es das Opfer wert gewesen.

KAPITEL 4

Der Oralsexraum schien am wenigsten aufdringlich zu sein, da sie keine ihrer Körperteile abstreifen musste.

Wie ihre ältere Schwester war sie mit der Fähigkeit gesegnet, einen guten Schwanz in ihren Hals zu schieben, ohne sich übergeben zu müssen.

Wenn er dies einmal vor einer Gruppe von Fremden tun könnte, könnte er eine große Verschwörung stören.

Ironischerweise hatte sie noch nie eine so große Verschwörung entdeckt, selbst als sie ein offizieller Detektiv gewesen war.

Er betrat einen der Räume, in denen ein gut gekleideter Mann mehrere Frauen beim Saugen von Dildos unterschiedlicher Größe beobachtete.

Er studierte die Aufführungen sorgfältig, um herauszufinden, wer die besten natürlichen Fähigkeiten besaß, und wusste, was er tun musste, um sie zu verbessern.

Die Frauen hatten Tränen in den Augen, als das Make-up über ihre Wangen lief.

"Sie sind dran", sagte der Mann, nachdem die letzte Frau fertig war. "Du siehst aus wie ein acht Zoll großes Mädchen."

Juliet nickte und nahm die Herausforderung an.

"Kein Problem"

Der Mann war nicht beeindruckt, als hätte er diese Worte schon tausendmal gehört.

Er war es eindeutig gewohnt, Frauen zu treffen, die erfolgreiche Medienvertreter begleiten wollten und viel Geld hatten.

Juliet nahm den Dildo nonchalant, um sich in die Gruppe der Sexarbeiterinnen einzufügen.

Er öffnete den Mund und verschlang das Sexspielzeug auf einen Schlag.

Sie schloss die Augen, schlang die Lippen um den Dildo und saugte so fest, dass sich ihre Wangen um das Silikonspielzeug kräuselten.

Bei jedem Durchgang stieß er es vollständig in seine Kehle, ohne ein Geräusch zu machen.

Sie öffnete die Augen und zog den mit Speichel bedeckten Dildo aus ihrem Hals.

Oh ja, der Mann war zufrieden.

Er lächelte.

"Talentiert", sagte er und suchte nach einem anderen Spielzeug. "Mal sehen, wie du mit einem zehn Zoll großen umgehst."

Juliet behielt ihr Pokerface.

Sie wusste, dass dies ein großes Risiko war.

Er würde sicherlich ersticken, aber er konnte keine Schwäche zeigen.

Seine Fähigkeit, zurück zu gehen und den Job zu beenden, hing davon ab, dass dieser Gummi-Penis seinen Hals hinunterlief.

Nachdem er Dildos ausgetauscht hatte, hielt er den Atem an, als er ihn in seinen Mund steckte.

Sie zögerte nicht und entschied sich dafür, so entspannt wie möglich zu bleiben, um ihren Würgereflex nicht auszulösen.

Er hielt den Dildo an seine Kehle.

Bevor sie ein böses Gurgeln machen konnte, zog sie den Dildo aus ihrem Mund und holte tief Luft, wobei sie ein würdevolles Verhalten beibehielt.

"Ich will den Job morgen", sagte Julieta und zwang sich, ruhig zu klingen, obwohl sie mehr Zeit brauchen würde, um gut zu atmen. "Meine Blowjobs sind besser als jede andere Frau in diesem ganzen Gebäude."

Sie spürte die schmutzigen Blicke der anderen möglichen Begleiter im Raum, aber sie hatte wichtigere Dinge im Kopf als ihre Gefühle.

Der Mann nickte.

"Mit so einem Mund haben wir sicherlich eine perfekte Verwendung für Sie. Seien Sie morgen früh um zehn hier. Ihr Name wird auf der Liste stehen."

"Danke", lächelte er.

Als er den Raum verließ, sah er den großen Sicherheitsarbeiter noch einmal.

Diesmal schien er gut gelaunt zu sein.

"Ich bin übrigens Adams", sagte der Sicherheitsmann. "Ich habe gesehen, was Sie dort getan haben. Sehr, sehr beeindruckend, Miss. Sie sind ein ziemlich perfektes Paket."

Sie stand neben ihm.

"Mein Name ist Karen. Füge mich zu deiner Liste hinzu. Ich werde morgen früh hier sein und ich habe kein Problem mit irgendetwas."

Sie wusste, dass ihre freche Haltung den Sicherheitsmann nur dazu brachte, sie noch mehr zu wollen.

Dieser Gedanke brachte ihn zum Lächeln.

KAPITEL 5

In dieser Nacht war Julieta nackt in ihrer Wohnung, frisch von einer heißen Dusche mit großem Dampf.

Dieses Maß an Stress hatte sie zuvor erlebt, aber mit der Beteiligung ihrer Schwester stand mehr auf dem Spiel.

Er wickelte sich ein Handtuch um die Haare, nachdem er seinen Körper getrocknet hatte.

Sie saß auf dem Bett und rief ihre Schwester an, die sicherlich gespannt auf Neuigkeiten war.

"Du hast es geschafft?" Fragte Barbara sofort, nachdem sie den Anruf beantwortet hatte.

"Es gab Komplikationen."

"Was!?"

Juliet konnte die Angst in der Stimme ihrer Schwester hören.

Es war vollkommen verständlich, da seine Schwester vorhatte, in wenigen Tagen Vertragsverhandlungen mit einem anderen Kabelunternehmen aufzunehmen.

"Ich kann es noch nicht erklären", sagte Juliet ruhig. "Du musst mir jetzt vertrauen. Es gibt noch mehr zu tun und ich werde morgen zurück sein."

Barbara schnappte ungläubig nach Luft.

"Warum? Was zum Teufel machst du?"

"Entspann dich. Ich habe alles unter Kontrolle."

Juliet betrachtete ihr nacktes Spiegelbild im Spiegel und machte eine Pose mit gewölbtem Rücken und gekreuzten Beinen.

Er nahm das Handtuch von seinem Kopf und ließ seine Haare teilweise zurückkämmen.

"Du weißt was passieren wird, oder?" Fragte Barbara mit aufrichtiger Besorgnis. "Sie können ein harter Haufen sein."

"Ich hoffe ich vermeide das. Ich habe gesehen, wie sie dich benutzt haben."

Nach einem Keuchen von Barbara herrschte einige Sekunden lang völlige Stille am Telefon, und Juliet hielt ihre Augen auf ihre eigenen Beine gerichtet.

Unzählige Kilometer auf Wegen im Freien zu laufen, hatte ihm unglaubliche Beine gegeben.

Barbara schnaubte.

"Es gibt einen Grund, warum wir nicht mehr reden."

"Ich weiß, das hätte ich nicht sagen sollen. Ich hatte einen hektischen Tag und morgen könnte es schlimmer werden."

"Mach nichts Dummes".

"Wir werden dieses Gespräch morgen beim Abendessen beenden", sagte Julieta. "Ich verspreche es. Aber im Moment konzentriere ich mich auf etwas Wichtiges."

Ihr Gespräch endete zu guten Konditionen, dann ging er wieder zur Sache.

Während sie noch nackt war, ging Julieta zu ihrer Schublade und fand ihren Lieblingsstrumpfgürtel und ihre Lieblingsstrümpfe.

Er hatte sie seit Jahren nicht mehr benutzt, brauchte sie nach seinem alten Job in der Vice-Einheit, der verdeckt arbeitete, nie wieder.

Sie stand vor dem Spiegel und zog sie an, schob die Strümpfe an ihren Füßen vorbei und befestigte sie an den Strumpfgürtelbändern um ihre Oberschenkel.

Sie posierte für den Spiegel.

Nach seinen Recherchen war dies der Fetisch des Chefs.

Besonders deutlich wurde dies in diesem Nachrichtennetzwerk, in dem die meisten Moderatoren tagsüber für ihre sexy Beine und kurzen Kleider bekannt waren.

Der Blick auf ihr nacktes Spiegelbild in Strumpfband und Strümpfen weckte viele schöne Erinnerungen.

Sie wusste, wie man diese Unterwäsche als Waffe benutzt.

Sie erinnerte sich an die Clubs, die sie früher besucht hatte, und dachte an den rauen und erniedrigenden Sex, mit dem sie Stress abgebaut hatte.

Ihre Finger bewegten sich nach unten und sie schloss die Augen, als sie sich berührte.

KAPITEL 6

Julieta kehrte am nächsten Tag früh um ungefähr neun Uhr morgens zurück, um die Situation zu untersuchen.

Diesmal vermied er seine Schwester und ihre unvermeidliche Diskussion, was nur eine Ablenkung sein würde.

Sie ging in die Geschäftsleitung.

Wie am Tag zuvor waren ihre Haare und ihr Make-up glamourös, aber ihr Kleid war etwas kürzer.

Es war nicht wirklich schmutzig oder unangemessen, aber es war genug, um etwas mehr Aufmerksamkeit zu erregen.

Es gab ein Geschäftstreffen, das endete, während Julia in der Lobby wartete.

Sie verbarg ihre Verlegenheit, indem sie ihre Beine bewegte, als die alten Führungskräfte in Geschäftsanzügen ihr einen kurzen Blick zuwarfen, als sie sich dem Aufzug näherten.

Sie lächelte nur, als die Männer ihre Gespräche fortsetzten.

Als sie den Flur hinunterblickte, konnte sie Stevens in sein Büro zurückkehren sehen, weil Gott weiß, wie lange.

Sie hatte alles geplant.

Jetzt war die Zeit für Plan B.

Er wartete, bis weitere Frauen zum Zehn-Uhr-Termin erschienen.

Der große Sicherheitsmann war da, um die Frauen zu organisieren, bevor es Zeit für seinen Auftritt war.

Juliet schlug die Beine übereinander und drehte einen Fuß, was Adams Aufmerksamkeit erregte.

Sie trug eine kleine Tasche mit ihrer elektronischen Ausrüstung, stand auf und ging verführerisch auf den Wachmann zu.

"Ist der Chef da?" Sie fragte.

"Stevens?"

Juliet nickte.

"Ja, kann ich alleine mit ihm reden?"

"Du wirst bald deine Chance bekommen", sagte Adams und neckte ihn ein wenig. "Wir warten darauf, dass die anderen Mädchen auftauchen. Außerdem weiß ich über Ihr besonderes Talent Bescheid. Ja, mit einem Mund wie Ihrem bin ich sicher, dass es Ihnen eine Chance geben wird."

"Eigentlich habe ich eine Art Geschäftsprojekt. Ich bin sicher, es wird dir gefallen."

Juliet deutete auf ihre Beine und hob diskret die Vorderseite ihres kleinen Kleides, um den Strumpfgürtel und die Strümpfe freizulegen.

"Köstlich", spottete er erneut. "Du bist ein unglaubliches Paket. Du hast einen köstlichen Mund und schöne Beine. Ich wundere mich über deine anderen Talente."

"Das sind die Entdeckungen für Ihren Chef. Wenn wir zu für beide Seiten vorteilhaften Bedingungen kommen, wer weiß, haben Sie vielleicht die Möglichkeit, mich später zu testen. Bis dahin werden Sie ein guter Junge sein und dieses Treffen bekommen?"

Er nickte langsam und beobachtete dabei ihren Körper.

"Ja sicher warten."

Adams ging den Flur entlang und in Stevens 'Büro.

Das Gespräch war kurz und er kehrte schnell zurück.

Er hatte einen Hunger im Gesicht, der fast unheimlich wirkte.

"Du hast Glück, Karen", sagte er. "Der Chef erinnert sich daran, gestern von Ihren mündlichen Heldentaten gehört zu haben, und freut sich darauf, Vorschläge zu besprechen. Außerdem habe ich ihm gesagt, was Sie unten haben. Also, machen Sie weiter. Sein Büro ist da."

Sie zwinkerte.

"Dankeschön."

Juliet ging den Flur entlang zur offenen Tür.

KAPITEL 7

Es war das erste Mal, dass sie Stevens traf, und es machte sie nervöser, als auf gewalttätige Kriminelle oder Straßenhändler zu stoßen.

Stevens war ein Mann mit tiefgreifender Macht und Einfluss auf das amerikanische politische System.

Ein Gott in der Medienwelt.

Schlimmer noch, wenn sie einen Fehler machte, stand ihre Haut auf dem Spiel, und in diesem Fall gab es keine Unterstützung der Polizei, um ihr zu helfen.

Er ging ins Büro und sah Stevens, eine große und imposante Gestalt, die hinter seinem Schreibtisch stand, nachdem er einige Dokumente weggelegt hatte.

"Ich kann die Tür schließen?" Sie fragte.

Er machte sich über sie lustig.

"Bitte tun Sie dies. Einige Geschäftsvorschläge werden privat gehalten."

Juliet schloss die Tür, nachdem sie den Flur hinuntergeschaut und gesehen hatte, wie Adams ihr zuzwinkerte.

Jetzt allein mit ihrer Beute arbeitete sie ihren Charme.

"Du bist beschäftigt, also erkläre ich es kurz", sagte er mit sexy Stimme. "Ich weiß, was Männer wie Sie wollen. Warum nicht das Gegenteil versuchen? Hin und wieder eine kleine Abwechslung."

Stevens trat vor, um sie zusammenzubringen.

"Weiter. Was genau beinhaltet Ihr Angebot?"

"Dominante Frau. Mächtige Männer lieben es, Frauen zu haben, aber das Gegenteil kann eine neue sexuelle Erfahrung sein. Haben Sie jemals das Vergnügen genossen, sich einer mächtigen Frau zu unterwerfen? Gefesselt und in den Händen einer dominanten Frau zu sein. Ich bin sicher dass viele Ihrer Freunde und Mitarbeiter es lieben werden, von mir gezähmt zu werden. Lassen Sie mich Ihnen einen Vorgeschmack darauf geben, was ich tun kann. "

"Also willst du mich fesseln?"

"Und dir die Augen verbunden", fügte sie mit einem fröhlichen Lächeln und einem aufregenden Augenzwinkern hinzu.

"Du bist die Deep Throat Frau, oder?" Fragte Stevens.

"Ich bin es und ich bin stolz darauf."

"Warum sollte ich Bondage spielen wollen, wenn ich dein bestes Attribut beweisen kann?"

Juliet zuckte leicht die Achseln.

"Ich bin sicher, du hast jeden Tag einen tiefen Hals. Warum probierst du nicht meine anderen Fähigkeiten aus?"

"Ein starker Unterhändler", nickte er. "Executive Frauen könnten wirklich von Ihnen lernen. Sie sind klug, wild und höllisch sexy. Meine Art von Frau."

Sie zwinkerte.

"Dankeschön."

"Bist du schon lange in diesem Beruf?"

"Ein paar Jahre. Es ist eine Art Nebenjob von mir."

"Was ist dein Vollzeitjob?" Ich frage.

"Nehmen wir an, ich bin ein Technikfreak und ich bin tödlich am Computer. Aber ich rede nicht gern über mein persönliches Leben."

Stevens zeigte ein bösartiges Lächeln.

Viele Männer behaupten, sie mögen kluge Frauen, aber für ihn war es wahr.

Juliet wusste, dass dies ein gefährliches Spiel war und die Einsätze stiegen.

"Klingt gut für mich", sagte er zuversichtlich. "Ich muss dich haben. Ich werde dich mit mir machen lassen, was du willst; binde mich fest, verbinde mir die Augen, fick mich. Was auch immer."

Juliet unterdrückte ihr eigenes Lächeln und behielt ihre höchste Gelassenheit bei.

Sie war eine Expertin für Knoten, und Stevens würde bald hilflos sein, wenn sie ihre CD kopierte, bevor sie sie vollständig zerstörte.

"Lass uns anfangen", sagte sie. "Ich werde die ..."

"Nicht so schnell. Nimm dein Kleid. Zeig mir deinen Strumpfgürtel. Ich habe sehr schöne Dinge darüber gehört, wie es auf dir aussieht."

Ohne zu zögern hob Julieta die Vorderseite ihres Kleides und enthüllte ihre makellosen Strümpfe und Spitzenhöschen.

Trotz der komplizierten Situation, in der sie sich befand, fühlte sie sich gut, auf diese Weise begehrt zu sein.

"Du magst was du siehst?" Fragte er mit einem Hüftschütteln.

Stevens biss die Zähne zusammen.

"Ja, ich werde dich einstellen. Aber zuerst musst du meine Regeln befolgen."

"Und wie würde das funktionieren?"

Juliet wusste genau, was dieser Mann vorschlug.

Angst lief ihr über den Rücken, aber sie weigerte sich zu zucken.

"Sei ein bisschen meine Saugpuppe", lächelte sie. "Ich möchte unbedingt deine Lippen und deinen Hals schmecken. Du bist perfekt für meinen Schwanz mit diesen hübschen blauen Augen, die mich ansehen. Ich werde es genießen, dich anzusehen und deine Haare zu reiben, während du meinen Schwanz isst."

Aufgrund der Situation, in der sich Julieta befand, zog sich ihre Muschi zusammen und sie begann zu zappeln.

Es war eine Weile her, seit irgendein Mann sie so misshandelt hatte.

Konnte sie es wirklich mit dem Mann tun, der ihre Schwester erpresste?

Ein Mann, der das widerliche Dossier heimlich aufgenommener Videos orchestriert hatte?

Niemand würde davon wissen müssen.

Wie immer gewann die gefährlichere Seite von Julia.

Er hat es immer getan.

Seine Tendenz, rücksichtslos zu leben, war der Hauptgrund, warum er mit dem größten Teil seiner Familie nie klar kam.

Sie nickte.

"Keine Spiele. Kein Unsinn. Wenn ich dich meinen Mund ficken lasse, werde ich dich fesseln und dir einen Vorgeschmack auf die wahre weibliche Dominanz geben. Wenn du meine Dienste magst, kannst du mich für dich und deine Freunde einstellen. Haben wir einen Deal?"

"Sie sind der härteste Unterhändler, den ich je getroffen habe", sagte sie, bevor sie lachte. "Sicher, wir werden sehen, was uns in den Sinn kommt."

Als der Chef eine nahe gelegene Schublade öffnete, sah Juliet eine Vielzahl von vertrauten Sexspielzeugen.

Es war eine beeindruckende Sammlung von Geräten zur sexuellen Kontrolle und Unterwerfung.

Stevens nahm einen Kragen mit dem Wort "FOX" heraus, der auf dem Leder eingeschrieben und an einem Riemen befestigt war.

Natürlich fragte er sich, ob dies dieselbe Kette war, die auch für seine Schwester verwendet wurde.

Der Gedanke war schwer zu verdauen.

"Hast du jemals eines davon benutzt?" fragte er und hielt es hoch wie eine Krone.

"Ich habe eine davon."

"Also? Hat es dir gefallen?"

"Es sind Jahre vergangen", gab er zu. "Aber ja, sie hat es genossen, wie ein Kätzchen gefesselt zu werden."

"Gute Katze. Ich werde das lieben. Jetzt geh auf die Knie."

Julieta legte ihre Handtasche auf den Tisch und ließ sich auf die Knie fallen, in der Hoffnung, dass nur ein Blowjob von ihr verlangt würde.

Aber mit so vielen Männern zu tun zu haben, schien unwahrscheinlich.

Zumindest würde es niemand jemals herausfinden, erinnerte er sich.

Sie hob ihr Kinn und erlaubte Stevens, die Kette um ihren Hals zu spannen.

Der unerbittliche Druck um ihren Hals löste Zentren des Vergnügens aus, die sie seit langem nicht mehr bemerkt hatte.

Als wäre es ein Zeichen, ballte sich ihre Muschi zusammen.

Juliet blickte von ihren Knien auf und bevor sein Schwanz in ihren Mund gestoßen wurde, bemerkte sie Zögern in Stevens Augen.

"Weißt du, etwas an dir ist mir vertraut. Ich kann es nicht identifizieren."

Sie starrte ihn tapfer an und betete, dass er ihre Identität nicht entdeckte.

In vielerlei Hinsicht waren sich Julia und Barbara ähnlich und teilten viele der gleichen Gesichtszüge.

Kurz fragte sie sich, ob sie ihr Haar in einem dunkleren Blondton hätte färben sollen.

"Ich schaue auf Ihr Nachrichtennetz", antwortete sie. "Du umgibst dich den ganzen Tag mit schönen Frauen. Ich bin sicher, dass sich irgendwann alles vermischt."

Er lächelte und lachte dann.

"Du hast recht. Jetzt öffne deinen Mund weit, meine dreckige Schlampe."

In einer sehr fließenden Bewegung ließ Stevens seinen Schwanz los, der bereits steinhart war.

Juliet zuckte zusammen, als ihr klar wurde, dass dies das erste Mal war, dass sie einen Mann während der Arbeit absaugte.

Sie glaubte, dass sie diese Fellatio auf keinen Fall genießen könnte, und bereitete sich mental darauf vor, seinen Schwanz in ihrem Mund zu bekommen.

Ohne auf einen liebenswürdigen Eintritt zu warten, war sie auf das vorbereitet, was als nächstes kommen würde.

In dem Moment, als Juliet ihren Mund öffnete, zog Stevens an der Leine und schob ihre Hüften.

In Sekundenbruchteilen war Julias Mund mit dem harten Fleisch des Mannes gefüllt und der Zugang zu ihrer Luftröhre war fast versperrt.

Es schmeckte und fühlte sich an wie jeder andere Schwanz, aber es tat es nicht.

Während ihrer Studienzeit stritten sich Julieta und Barbara häufig um Jungen, aber sie waren sexuell nie mit demselben Jungen zusammen.

Und jetzt schluckte er einen Schwanz, den seine Schwester regelmäßig gelutscht und gefickt hatte.

Und die größte Ironie war, dass er dies im Auftrag seiner Schwester tat.

Stevens schob es in seinen Hals hinein und aus ihm heraus und schlug seinen Schwanz mit großer Kraft zu.

Wenn sie nicht so festgenagelt worden wäre, hätte sie möglicherweise Mühe gehabt, aufrecht zu bleiben.

Aber er entschied sich bald für ein vorhersehbares Tempo, das es ihm ermöglichte zu atmen und aufrecht zu bleiben.

Juliet fragte sich natürlich, wer Stevens den besten Schwanzlutscher bewerten würde.

Sie hatte gesehen, wie er im Video den Mund ihrer Schwester fickte und bemerkte, dass er selbst während des Orgasmus sehr kontrolliert war.

Juliet fragte sich, ob es möglich sein würde, seine teilnahmslose Haltung zu brechen, und begann aktiv teilzunehmen, indem sie ihre Zunge um die Spitze seines Penis drehte, während er sich in ihren Mund hinein und aus ihm heraus bewegte.

Es würde nicht schaden, wenn er versuchen würde, mehr Freude an ihm zu haben, und Juliet war sich ziemlich sicher, dass sie dazu in der Lage war.

Momentan war sie in Konflikt.

Sie verspürte Schuldgefühle bei dem Gedanken, Stevens mehr zu gefallen, der sicherlich keine Sekunde ihrer Zeit verdient hatte.

Juliet war jedoch eher wettbewerbsfähig und entschied sich, die Herausforderung anzunehmen, die sie sich gestellt hatte.

In ihrer unterwürfigen Schwanzlutschposition entspannte sie ihren Kiefer vollständig und machte sich an die Arbeit.

Sie lehnte den Kopf zurück, ein Trick, den sie von einer Prostituierten gelernt hatte, und konnte ihn voll und ganz aufnehmen.

Ihre Bewegungen waren stark eingeschränkt, buchstäblich indem sie an einer kurzen Leine gehalten wurden.

Aber das war egal.

Jedes Mal, wenn er seinen Schwanz in ihren Mund schob, saugte sie mit dem perfekten Druck.

Als er aufblickte, bemerkte er, dass Stevens konzentriert blieb.

Als er sich zurückzog, tanzte ihre Zunge um die Spitze seines Schwanzes und versuchte, jedes produzierte Precum einzufangen.

Der Mann blieb stoisch.

Sie machte ein Summen in ihrer Kehle, was Stevens schließlich zum Lächeln brachte.

Die Arbeit ihres Mundes ging weiter.

Er sah, wie Stevens 'Kopf zurücksprang, als er mit zunehmender Lautstärke stöhnte.

Juliet hatte nicht einmal gesehen, wie er das seiner Schwester angetan hatte.

Wenn dies ein Wettbewerb war, gewann sie.

Das war einfacher als erwartet, und bei dieser Geschwindigkeit würde er den Chef in wenigen Minuten gefesselt haben.

Sein wachsender Optimismus wurde durch ein Klopfen an der Tür verdorben.

Sie versuchte sich zurückzuziehen, aber der Chef zog an der Leine und hielt ihren Mund voll von seinem Schwanz.

"Pünktlich", lächelte Stevens. "Ich habe Adams gebeten, zurückzukommen. Er hilft mir bei vielen Geschäften und hilft bei der Überprüfung potenzieller Geschäftspartner."

Die Tür öffnete sich und Juliet schaffte es, ihren Kopf gerade so weit zu drehen, dass der große Sicherheitsmann den Raum betrat.

Adams lächelte breit, schließlich sollte sein Traum wahr werden.

KAPITEL 8

Stevens berührte sanft Julias Wange.

"Schau mich an. Du kannst aufhören, wann immer du willst. Tippen Sie einfach auf. Schreien Sie. Sagen Sie etwas. Dann werden Sie herauskommen. Nicken, wenn Sie verstehen."

Juliet schaffte es zu nicken, obwohl sein Schwanz in ihrem Mund steckte.

"Gut", antwortete er. "Adams, zieh dich aus."

"Mit Vergnügen, Chef", sagte der Sicherheitsmann in einem erschreckenden Ton.

Die Tür schloss sich und als Adams hinter sie trat, spürte Juliet, wie die Vorderseite ihres Kleides über ihre Taille rutschte.

Große Hände streichelten ihren Rücken, bevor sie ihren BH öffnete und ihre verspielten Titten losließ.

Julias Körper reagierte wie immer auf die grobe Behandlung.

Obwohl er sich entschieden hatte, sich von diesem Lebensstil zu entfernen, fühlte sich dies wie eine Heimkehr an.

Ihre rosa Brustwarzen verhärteten sich, noch bevor Adams dicke Finger sich daran festhielten.

Das ließ sie rot werden.

Während der Schwanz noch in ihrem Hals steckte, hob der große Mann Julia vom Boden, damit sie das Kleid unter sich herausziehen konnte.

Ihre Strumpfbänder und Höschen wurden zerrissen und beiseite geworfen.

Dann zog er ihre Fersen aus und riss ihre Strümpfe ab.

Sie war nackt.

Verdammt nackt.

Von Kopf bis Fuß, bis auf die Kette um ihren Hals.

Das Klügste war, es auszunutzen.

Er sollte sich geschlagen geben und mit dem weggehen, was von seiner Würde übrig geblieben war.

Aber Julia war stur, was ein Familienmerkmal war.

Und auf seltsame Weise war dies seine Art, mit Stevens 'Erpressungsakten Gerechtigkeit für alle zu finden.

Es war auch ihre Art, die Fehler zu korrigieren, die sie in ihrem Leben gemacht hatte: als ehemaliger Polizist und als jüngere Schwester.

Eine Form der Versöhnung.

Es ist wahr, dass die Angst und Unruhe, die sie empfand, nackt zu sein, der Gnade zweier großer Fremder ausgeliefert, sie aufregte.

Mit einem Schwanz im Mund fragte sie sich, was passieren würde, wenn ihre Muschi Flüssigkeit auf den Boden tropfte.

Stevens nahm den Angriff auf ihren Hals wieder auf.

Sein Mund war zu ausgestreckt und sein Kiefer schmerzte von den aggressiven Bewegungen.

Dank jahrelanger Erfahrung hielt sie jedoch ihre Zähne von seinem Schwanz fern.

Nach ein paar weiteren Stößen stieß Stevens einige Sekunden lang auf seinen Schwanz.

Obwohl Julieta nicht atmen konnte, blieb sie ruhig.

Glücklicherweise zog Stevens seinen Schwanz heraus und Juliet schnappte nach Luft.

"Du bist jetzt eine berufstätige Frau, oder?" Fragte Stevens, als hätte sich daraus ein Verhör entwickelt. "Niemand hat dich dazu gebracht? Du bist alleine hier, als Geschäftsfrau, richtig?"

Juliet holte tief Luft und gurgelte, Speichel tropfte über ihr Kinn.

"Lutsche ich einen Schwanz wie ein verdammter Polizist oder so?"

"Ich habe nie gesagt, dass du ein Polizist bist. Ich frage nur."

Er spuckte aus, um nicht zu würgen.

"Ich bin eine verdammte Geschäftsfrau."

"Okay dann. Adams, mach dich an die Arbeit an ihrer Muschi. Ich werde auf ihren Mund aufpassen. Wir werden sehen, ob er bricht."

Sie zogen sie an der Leine und zwangen Julia, wie ein Hund zum Sofa zu kriechen.

Stevens ließ sich nieder, ein Knie auf der Couch und ein Bein auf dem Boden.

Er tätschelte das Kissen und Juliet kletterte auf das Sofa.

Es war auf allen vieren, zwischen seinen Beinen und vor ihm.

Sie hielt Augenkontakt mit dem Chef und hörte, wie Adams sich auszog und hinter ihr stand.

Fast sofort breiteten die großen Hände des Sicherheitsmanns ihr Gesäß aus, und Juliet wusste, dass er ihre feuchte Muschi und ihren Anus genau betrachtete.

Während sie ängstlich wartete, behielt sie ein ruhiges Gesicht, damit Stevens weiterhin glaubte, sie sei eine echte Prostituierte.

Aber als Adams Finger anfingen, ihre Muschi zu untersuchen, schnappte sie nach Luft.

"Beende das Saugen meines Schwanzes", befahl Stevens. "Du machst es sehr gut".

Als sie sich im Rhythmus von Stevens 'Schwanz entspannte, der sich in ihren Mund hinein und aus ihm heraus bewegte, fragte sie sich, wie groß das Paket war, das Adams hatte.

Das Element des Unbekannten war für sie immer attraktiv.

Adams wurde hartnäckiger und neugieriger und steckte zwei dicke Finger in ihre Muschi.

"Scheiße, sie ist eng für eine Hure", murmelte er fast vor sich hin.

Der Chef lächelte.

"Dann fick sie schon."

Juliet spürte, wie Adams seine Finger zurückzog und sie durch den Kopf seines Schwanzes ersetzte.

Sie versuchte sich ein Bild von der Größe zu machen und war beeindruckt.

Es war definitiv viel größer als Stevens und sie konzentrierte sich ganz auf ihre Muschi, obwohl Stevens weiterhin ihren Mund durchbohrte.

Adams 'Eintritt in sein Loch in Not war rücksichtsvoller als erwartet.

Der Sicherheitsmann drückte sich gegen ihr Becken, rückte mit dem Kopf seines Schwanzes vor und stieß seinen langen, dicken Schwanz Zoll für Zoll weiter.

Gerade als Juliet dachte, sie könnte es nicht mehr ertragen, beugte sich Adams vor und schob sie voll hinein.

Sie erstarrte für einen Moment, als sie sich an seine massive Erektion gewöhnte und dann ihre oralen Manipulationen an Stevens wieder aufnahm.

Als Adams begann, sich in ihre stark stimulierte Muschi hinein und heraus zu bewegen, fühlte sie sich zugehörig.

"Ich kann fühlen, wie es sich ausdehnt", knurrte Adams.

"Du solltest es beim nächsten Mal mit ihrer Kehle versuchen. Ich bin sicher, der Vorstand wird sie lieben. Ich werde sie bei jedem Treffen unter den Tisch legen. Dort gehört sie hin. Auf den Knien."

In der Vergangenheit hatte Julia viele verdorbene sexuelle Handlungen genossen.

Aber zwischen zwei Männern gefangen zu sein, die auf so viele verschiedene Arten mächtig waren, war das Aufregendste.

Es war keine Frage, sie wurde dominiert und sie liebte jede Sekunde, die von der Situation abgelenkt war, als Tränen der Spannung über ihr Gesicht liefen.

Obwohl er jederzeit frei war zu gehen, fand er diese unkonventionelle Vereinigung unwiderstehlich.

Beide Männer benutzten es zu ihrem eigenen Vergnügen, und infolgedessen spürte Juliet, wie sich ihr Körper anspannte und sie sich darauf vorbereitete, sich zu befreien.

Stevens 'Schwanzbewegungen wurden hektischer und sie wusste, dass er auch nahe war.

Währenddessen hatte Adams eine tolle Zeit mit ihrer Muschi.

Immer härter schlagen.

Seine Schläge wurden intensiver und dringlicher, als seine Finger tief in ihre Hüften gruben.

Die süße Reibung seines Schwanzes, der in ihren Tunnel hinein und aus ihm heraus segelte, brachte sie schnell zu einem schwindelerregenden, feuchten Höhepunkt.

Plötzlich brach sie und spürte, wie sich ihre Muschi gegen die dicke Stange zusammenzog, als er sie aufspießte.

Krämpfe schüttelten ihren Körper, als sie versuchte zu stöhnen, wurde aber von dem Schwanz in ihrem Mund gedämpft.

"Fuck yeah bitch. Komm schon mein Schwanz", knurrte Adams.

Juliet schämte sich und war gleichzeitig begeistert.

Er trug diesen emotionalen Umhang bequem.

Es war lange her, dass sie einen so starken Orgasmus erlebt hatte und sie wusste, dass es schwierig sein würde, wieder von diesem unglaublichen Vergnügen wegzukommen.

Am Ende machte sie eine große nasse Sauerei auf dem Ledersofa und dem Boden von dem harten Jet, den sie ausgestoßen hatte.

Sie war sich sicher, dass es niemanden interessieren würde, außer dem, der für die Reinigung des Büros verantwortlich war.

Stevens stotterte:

"Ich werde meine Ladung in seinen Mund schießen. Adams, bist du bereit?"

"Ich war von dem Moment an bereit, als ich sie traf."

Beide Männer zogen ihre Schwänze aus Julietas gebrauchtem Körper und drehten sie herum, um sie anzusehen, während sie vor ihr standen.

Julieta warf den Kopf zurück und öffnete den Mund, während beide Männer sich streichelten, bis sie ejakulierten.

Die salzigen Düsen beider Männer bedeckten ihre Zunge, ihren Mund und ihren Hals.

Das Spritzen schien endlos.

Irgendwie gelang es ihm, die Anklage zu schlucken, als die Flut weiterging.

Sie war erstaunt, dass sie sich nicht übergeben hatte.

Als die Orgasmen der Männer vorbei waren, fiel Juliet in einer mit Sperma gefüllten Benommenheit zu Boden.

Er schnappte nach Luft durch seinen mit Sperma bedeckten Mund und bemühte sich, sich genau zu erinnern, warum er dort war.

Die beiden Männer standen auf ihr, ihre nassen, schlaffen Schwänze baumelten.

In diesem Moment konnte er ihre Worte kaum verstehen oder wer sagte was.

"Was für eine wundervolle Scheiße. Sie ist eine echte Schwanzlutscherin."

"Die beste Muschi, die ich seit langer Zeit hatte. Und sie hat einen tollen Arsch. Ich denke, sie könnte hier eine Position als Nachrichtensprecherin haben."

Juliets Gedanken schwebten in ihrem postorgasmatischen Nebel und dachten an ihre Schwester und den wahren Zweck ihres Besuchs.

Er beobachtete die Männer, die auf ihre nackten Körper und rosigen Brustwarzen starrten, zusammen mit dem Schweiß auf Brust und Stirn.

Stevens beugte sich vor, um die Leine zu entfernen, und dann konnte er wieder bequem atmen.

KAPITEL 9

Zu seiner Überraschung hielt Stevens sein Wort.

Sie waren beide völlig nackt im Büro und sie hatte ihn völlig bewegungsunfähig gemacht.

Als Knotenexpertin wusste sie, wie man einen großen Kerl unterwirft.

Nachdem sie ihm die Augen verbunden hatte, schob sie ihr zerrissenes Höschen in ihren Mund.

Nackt griff sie nach ihrer Tasche und rannte zum Schreibtisch.

Er zog eines seiner Telefone heraus und steckte es in den Server.

Als er Zugriff auf die Festplatte hatte, bemerkte er, dass alle geheimen Kameras aktiv waren und aufzeichneten.

Er griff im selben Büro auf die Kamera zu und spulte das aufgenommene Material zurück.

Julieta sah sich in einem Video saugen und saugen, während sie von einem Riemen kontrolliert wurde.

Sie übersprang das Video etwas weiter und sah, wie sie von hinten gefickt wurde, während sie an Stevens 'Schwanz saugte.

Es war ein bisschen peinlich zu sehen, wie sie von diesen beiden großen, dominanten Männern eingeklemmt und gefickt wurde.

"Arschloch", murmelte er.

Er erkannte, dass die Zeit entscheidend war, als er Stevens durch den Knebel schreien hörte.

Sogar mit verbundenen Augen erkannte er, dass der Chef wusste, was geschah und was mit der Einheit geschah.

Nachdem er eine digitale Kopie von allem erstellt hatte, steckte er sein anderes Telefon ein und blieb eine Minute stehen, während die gesamte Festplatte vollständig zerstört wurde.

Seine Arbeit war erledigt.

Alles, was er tun musste, war zu fliehen, aber er konnte nicht anders, als einen letzten Blick auf diesen Erpresser zu werfen.

Sie wandte sich an Stevens.

Zu diesem Zeitpunkt war sie es gewohnt, im Büro nackt zu sein, und beugte sich vor, um sich auf die Schulter zu klopfen.

"Danke für den heißen Fick", sagte er in ihr Ohr. "Mach dir keine Sorgen, ich werde die Tür leicht offen lassen, damit dich jemand finden kann. Bis dahin bin ich weg und du wirst mich nie wieder sehen. Und fürs Protokoll, das hat sich gelohnt."

Nachdem Julieta ihn auf die Stirn geküsst und ihn mit aller Kraft kämpfen sah, zog sie das Kleid an.

Sie zog ihre Fersen an und eilte aus dem Büro.

Obwohl sie taumelte, entkam sie ohne Probleme.

EPILOG

65

Als er bereits vom Gebäude weg war und die belebte Stadtstraße entlang ging, bemerkte er, dass sein Atem nach Sperma stank.

Zwei riesige Ladungen würden das jedem Mädchen antun.

Aber als sie ihre Tasche fest umklammerte, stellte sie fest, dass sie einen großartigen öffentlichen Dienst geleistet hatte.

Obwohl dies ein befriedigender Gedanke war, konnte er nicht leugnen, dass das warme Leuchten dieser sexuellen Begegnung sehr überraschend gewesen war.

Vielleicht war es an der Zeit, seine Ausrüstung abzuwischen und in die rauen Sexclubs zurückzukehren, um etwas Dampf abzulassen.

ENDE